Claire Ogro

Wenn ich jetzt Prinzessin wäre ...
Kuriose Gedanken einer Fieberkranken

Impressum:

Herstellung und Verlag:
Books on Demand, Norderstedt

© Claire Ogro
3. überarbeitete Auflage 2014
2. Auflage 2008
Originalausgabe 2008

www.claire-ogro.com

ISBN 978-3-8370-1876-9

Bibliografische Information der Deutschen Nationalbibliothek: Die Deutsche Nationalbibliothek verzeich-
net diese Publikation in der Deutschen Nationalbibliothek; detaillierte Daten sind über www.dnb.de
abrufbar.

Inhalt

1. Krank und ganz allein

Schon als Jule den Wohnungsschlüssel ins Schloss steckte, hörte sie Silly miauen. Normalerweise freute sie sich über die Begrüßung ihrer schwarz-gestromten Stubentigerin. Heute hingegen dachte sie nur: „Ist ja toll! Da fühlt man sich schon hundeelend und niemand nimmt Rücksicht!"

Noch während sie so dachte, wusste sie tief in ihrem Innersten, dass sie gerade furchtbar ungerecht war. Silly freute sich lediglich, dass ihr Dosenöffner so früh nach Hause kam. Unter normalen Umständen wäre Jule jetzt noch nicht da, aber heute war kein normaler Tag.

Bereits der gestrige Tag war alles andere als normal. Es war ein Montag und als ob die Tatsache nicht schon schlimm genug gewesen wäre, ging es ihr seit dem Aufstehen überhaupt nicht gut. Sie fühlte sich schlapp und richtig elend, dennoch schleppte sie sich pflichtbewusst zur Arbeit. Montags zu fehlen, sah schließlich nie gut aus. Die netten Kommentare ihrer Kollegen wie „Du bist aber blass!" oder „Du siehst aus wie ausgekotzt!" förderten weder ihre Laune noch ihr Befinden. Am frühen Nachmittag erbarmte sich dann ihr Chef und schickte sie mit den Worten „Wenn es morgen nicht besser ist, dann gehen Sie zum Arzt!" nach Hause.

Es war nicht besser geworden, trotz aller Hausmittelchen, die sie probiert hatte wie Erkältungsbad, heiße Zitrone oder Grippetrunk.

Direkt morgens um acht hat sie bei ihrem Hausarzt angerufen. Sie sollte sofort vorbeikommen. Anschließend sagte sie ihren Arbeitskollegen Bescheid. Die hatten sich schon gedacht, dass sie heute nicht kommen würde. Jule machte sich also fertig und schlich zum Arzt. Dort angekommen, bekam sie direkt einen Schock. Das Wartezimmer war gerap-

6

pelt voll mit hüstelnden, schnupfenden und röchelnden Menschen.

„Gut, dass ich schon krank bin, sonst wäre ich es spätestens, wenn ich raus bin", dachte sie sich. Sie schnappte sich eine Illustrierte und blätterte lustlos darin. Aber irgendwie interessierten sie heute die „Sorgen und Nöte" der Reichen, Schönen und sonstigen Promis nicht. Es war ihr total egal, wer mit wem fremdging, wer sich blamiert, ver- oder entlobt hatte oder wie auch immer. Sie war krank, wollte in ihrem Bett und jetzt saß sie da, zwischen den vielen Kranken und musste warten. Bei aller Liebe zu ihren Mitmenschen, aber heute war ihr die Jacke näher als die Hose. Konnte denn niemand einsehen, dass es ihr am schlechtesten von allen ging? Ihr Selbstmitleid half auch nichts. Sie musste warten wie die anderen auch. Dass sie ständig auf die Uhr sah, brachte auch nichts. Das Einzige, was sich veränderte, war die Luft im Wartezimmer. Die wurde nämlich immer schlechter. Jule merkte plötzlich, dass ihr Hals trocken wurde und unangenehm zu kratzen anfing. Natürlich hatte sie nichts zu trinken mit. An den Wasserspender, der im Vorraum stand, dachte sie in dem Moment natürlich überhaupt nicht, obwohl sie beim Betreten des Wartezimmers noch an ihm vorbeigekommen war. Das Kratzen wurde immer schlimmer. Irgendwann halfen ihre verzweifelten Schluckversuche auch nichts mehr und sie bekam einen Hustenanfall. Jule kramte hektisch in ihrer Handtasche, aber sie konnte noch so tief graben, sie hatte weder Bonbons, noch Kaugummi dabei. Und das ihr! **Ihr** - die in ihrer Handtasche eigentlich immer eine Notfallausrüstung hatte. Böse Zungen behaupteten auch, sie würde ihrer Hausratversicherung nicht trauen und deshalb immer alles in ihrer Handtasche mitschleppen. Ausgerechnet jetzt hatte sie nichts, was ihr helfen konnte. Plötzlich tippte ihr jemand auf die Schulter. Ein älterer Herr, der an der Tür gesessen und offensichtlich ihre Not bemerkt hatte, reichte ihr einen Becher mit Wasser.

„Junge Frau, trinken Sie einen Schluck! Wenn Sie so weiter husten, dann brauchen sie gleich nicht mehr zum Doktor rein", sagte er mit einem verschmitzten Lächeln. – „D-danke!", stammelte Jule und fühlte, wie sie puterrot wurde. Sie hätte den „netten" Herren erwürgen können, unterließ es aber wegen der vielen Zeugen. Immerhin ließ der Husten nach und allmählich auch ihr Zorn. Außerdem wurde Jule auch noch abgelenkt von den „dramatischen" Vorkommnissen an der Anmeldung. Eine ältere Dame, die gebeten wurde, im Wartezimmer Platz zu nehmen, stürmte gleich in Richtung Arztzimmer. Offensichtlich hatte sie nichts oder nur wenig verstanden. Sie musste von einer Arzthelferin „eingefangen" und ins Wartezimmer gelotst werden. Einige der Wartenden, die den Vorfall bemerkt hatten, konnten sich ein

Schmunzeln nicht verkneifen. Ein breites Grinsen in einige Gesichter zauberte ein Anwesender, der auf seinem wirklich nicht gerade bequemen Stuhl eingeschlafen war und laut schnarchte. Kaum wurde sein Name aufgerufen, sprang er auf und stürzte los in Richtung Arztzimmer. Jule war regelrecht fasziniert, wie topfit der Mann von jetzt auf gleich war. Ein anderer Patient wurde renitent, weil er seiner Meinung nach der wichtigste aller Notfälle wäre und sofort zum Doktor vorgelassen werden müsste.

„So ein Vollpfosten! Ob der wohl glaubt, wir sitzen hier alle nur zum Spaß, weil wir gerade nichts anderes zu tun haben?", ärgerte sich Jule innerlich und bewunderte die Engelsgeduld der Arzthelferinnen. Aber so langsam ging ihre eigene Geduld zur Neige. Endlich hatte das schier unendliche Warten ein Ende und sie wurde aufgerufen. Sie berichtete dem Arzt, dass sie sich seit dem gestrigen Tag schlapp und unwohl fühlte, Fieber, Hals-

und Gliederschmerzen hatte. Der Arzt untersuchte sie kurz und meinte: „Sie haben einen grippalen Infekt. Das ist zur Zeit schon fast normal. Das Wartezimmer ist nicht umsonst so voll. Wenn Sie wieder fit sind, sollten wir uns mal über eine Grippeimpfung unterhalten. Ich schreibe Ihnen jetzt ein Antibiotikum und etwas gegen die Halsentzündung auf. Außerdem bleiben Sie mal bis zum Ende der Woche zu Hause. Sie müssen sich jetzt warm halten und schonen. Viel trinken ist auch wichtig. Wenn es bis Freitag nicht besser ist, dann kommen Sie wieder. Ansonsten lassen Sie sich bitte einen Termin zur Nachuntersuchung für nächste Woche geben. Gute Besserung!"

Als Jule die Arztpraxis mitsamt Arbeitsunfähigkeitsbescheinigung, Rezept und Termin verlassen hatte, dachte sie nur: „Prima! Für die knappen fünf Minuten mit dem Arzt musste ich mich so lange im Wartezimmer quälen!"

Auf dem Weg nach Hause besorgte sie die Medikamente aus der Apotheke und nahm noch Brötchen vom Bäcker mit. Nun stand sie also vor ihrer Wohnungstür und hörte ihre Katze miauen. Jule öffnete die Türe und begrüßte Silly.

„Na? Meine Süße! Du kleiner Quälgeist! Frauchen ist wieder da. Frauchen ist sogar die nächsten Tage für dich da. Ich soll mich schonen und warm halten. Letzteres ist dein Job! Komm mit! Wir gehen erst einmal in die Küche und kochen Tee", sagte Jule zu Silly.

Die Katze tat doch tatsächlich das, was man ihr sagte und ging in die Küche. Jule setzte Wasser für ihren Tee auf und warf einen Blick in ihren Kühlschrank. Das hätte sie besser unterlassen, denn der Anblick war deprimierend. Bei dieser Wahnsinnsauswahl entfielen aber wenigstens die Entscheidungs-schwierigkeiten. Frischkäse und Marmelade mussten halt als Brötchenbelag reichen. Nur gut, dass sie genug Vorrat für Silly hatte. Jule brühte sich schnell einen Tee auf, machte sich ein halbes Brötchen mit Marmelade fertig, damit sie ihre Medikamente nehmen konnte, gab der Katze noch ein Leckerchen und ging mit Tasse und Teller bewaffnet in ihr Wohnzimmer. Unterwegs fiel ihr ein, dass sie sich eigentlich noch ihr Körnerkissen warm machen könnte. Also ging sie noch einmal in die Küche und legte das Körnerkissen in die Mikrowelle. Während diese lief, zog sie sich im Schlafzimmer um. Sie wählte ihren kuscheligen Fleece-Hausanzug und ganz dicke Socken. Als sie umgezogen war, holte sie das Körnerkissen und ging wieder ins Wohnzimmer. Jule setzte sich auf ihre Couch und überlegte, was sie jetzt noch alles brauchte, um nicht ständig aufstehen zu müssen. Sie stellte fest, dass noch Mineralwasser, ihr Telefon und die Fernbedienung zu ihrem Glück fehlten. Nachdem sie auch diese Utensilien in Reichweite drapiert hatte, erledigte sie das Wichtigste - sie rief auf der

Arbeit an. Zu ihrer Freude hatte sie direkt ihre Arbeitskollegin und Freundin Sabine am Apparat.

„Hi, Biene! Ich bin's Jule. Bis Freitag einschließlich müsst ihr auf mich verzichten. Ich habe einen grippalen Infekt und den soll ich auskurieren." – „Arme, kranke Maus! Aber so etwas hatte ich mir schon gedacht. Dir ging es ja gestern schon so mies. Dann schon dich aber wirklich und pack dich warm ein! Ich gebe hier weiter, dass du krank bist. Wenn es dir recht ist, dann komme ich nach der Arbeit kurz zu dir. Dann nehme ich auch gleich deine AU mit. Hast du eigentlich etwas zu essen da?", wollte Sabine wissen. – „Das wäre lieb von dir, wenn du die AU abholen würdest. Dann muss ich nicht extra morgen oder übermorgen zur Post. Das mit dem Essen sieht nicht so toll aus", gab Jule verlegen zu. – „Das dachte ich mir schon!", lachte Sabine. „Hast du denn genug Futter und Streu für Silly?" – „Für Silly ist alles da", antwortete Jule. – „War auch eine rein rhetorische Frage. Hast du einen besonderen Wunsch oder soll ich ein Notfallpaket besorgen?", fragte Sabine. – „Das Notfallpaket würde vollkommen ausreichen. Ich schätze, dass ich Donnerstag wieder selbst einkaufen kann. Du bist ein echter Schatz! Danke!" – „Nichts zu danken! Bis nachher!"

Jule war mal wieder heilfroh, dass sie eine so gute Freundin hatte. Sie hatten sich während der Ausbildung kennengelernt und sind anschließend in die gleiche Abteilung gekommen, wo sie heute noch zusammen arbeiteten, wenn auch in verschiedenen Büros und in anderen Aufgabenbereichen. Sie hatten aber nicht nur auf der Arbeit engen Kontakt, sondern auch privat. Das Notfallpaket hatten sie mal bei einem Video-Abend zusammengestellt, für den Fall, dass es einer von ihnen schlecht gehen sollte.

Nachdem sich Jule jetzt vorläufig um nichts mehr kümmern musste, kuschelte sie sich mit dem Körnerkissen unter ihrer Decke auf der Couch ein. Es dauerte gar nicht lange und Silly gesellte sich dazu. Beim Zappen durch die Programme machte Jule eine schreckliche Entdeckung: Es kam nur Müll! Die Frage war jetzt: Was tun? Sie raffte sich also erneut auf und durchforstete ihre DVD-Sammlung. Die kannte sie zwar fast alle, aber dann machte es wenigstens nichts, wenn sie einschlafen sollte. Dabei konnte sie nichts verpassen. Plötzlich hatte Jule **den** Film in der Hand: Vom Winde verweht. Die nächsten vier Stunden waren gerettet! Sie kannte den Film zwar in- und auswendig, aber nach dem war ihr jetzt einfach. Jule kuschelte sich wieder ein und startete den Film. Konnte es eine bessere Medizin geben als Scarlett O'Hara, Rhett Butler und Tara? Jule hätte die Dialoge zwar schon simultan mitsprechen können, dennoch war sie wieder einmal fasziniert von dem feudalen Leben und den wunderschönen Kleidern. Manche hatten es echt gut!

Und was hatte sie? Sie hatte einen grippalen Infekt, eine Katze und ganz viel Selbstmitleid. Aber für einen Mann hatte es bisher nicht noch gereicht. Nicht, dass es ihr an Chancen gemangelt hätte. Nein! Jule war Ende zwanzig, attraktiv, witzig, unternehmungslustig und wurde auch regelmäßig angesprochen, eingeladen und mehr oder weniger heftig umworben. Dennoch hatte sie bisher nur gescheiterte Beziehungen hinter sich. Ob man die erste mit Heiner wirklich zählen konnte, wusste sie Moment auch nicht. Waren sie nicht noch Kinder? Sie war siebzehn und er knappe neunzehn. Die Beziehung lief gut, solange sie noch zur Schule ging und er seinen Zivildienst absolvierte, bevor er anfing zu studieren. Die Distanz wurde dann das Problem. Er studierte in Norddeutschland und sie war weiterhin im Ruhrgebiet. Am Anfang war er noch jedes Wochenende zu

Hause, dann kam immer häufiger etwas dazwischen, schließlich telefonierten sie fast nur noch und sahen sich sehr selten. Dann begann Jule ihre Ausbildung zur Industriekauffrau. Plötzlich war es nicht nur die Distanz. Hinzu kam, dass sie sich in unterschiedlichen Welten bewegten. Die Gemeinsamkeiten wurden weniger. Er erzählte von der Uni, seinen Studienkollegen, den Klausuren und den Partys. Jule hingegen berichtete von der Berufsschule und dem Büroalltag. Es entstand eine Kluft, die immer unüberbrückbarer wurde. Ach ja! Und dann war da noch der nette Typ aus der Berufsschule ... Als sich Jule schweren Herzens - und sie hatte es wirklich ewig vor sich hergeschoben - von Heiner trennte, hatte sie den Eindruck, dass er heilfroh war, nicht den schwarzen Peter zu haben. Okay, die Sache mit dem Typen aus der Berufsschule verlief zwar im Sande, aber wie war das noch mit dem Verlust ...? Danach war erst eine Weile Ruhe. Der Solopfad tat Jule eigentlich auch ganz gut, bis sie auf einer Party den tollen Andy kennenlernte. Andreas, wie er eigentlich hieß, kam aus betuchten Hause und irgendwie imponierte ihr das Geld, der Luxus, seine tolle Wohnung und das schicke Auto. Obwohl sie von allen gewarnt wurde, stürzte sie sich Hals über Kopf in die Beziehung mit ihm. Sie kam ins dritte Lehrjahr und war gerade ein halbes Jahr mit Andy zusammen, als sie bei ihm einzog. Anfangs lief alles ganz prima und als er von Heirat sprach, schwebte sie auf Wolke sieben. Sie war fest davon überzeugt, dass alle, die Einwände hatten, nur neidisch waren. Nur welchen Grund hätten ihre Eltern gehabt, neidisch zu sein? Es kam, wie es kommen musste: Jule fiel voll auf die Nase! Sie würde den Tag nie vergessen, als er ihr aus heiterem Himmel mitteilte, dass sie ausziehen müsste, weil er eine andere hatte. Er hätte ihr auch gleich mit bloßen Händen das Herz herausreißen können. Jule konnte sich nicht mehr erinnern, welches Gefühl bei ihr überwogen hat. War es Wut, Scham, Trauer oder Verzweiflung. So peinlich es damals auch war, aber sie zog zunächst wieder zu ihren Eltern. In der schlimmsten Stunde ihrer Schmach von Mama umsorgt zu werden, sich in Ruhe die Wunden lecken zu können, tat einfach nur gut. Ihre Mutter sagte auch nicht ein einziges Mal: Siehst du, wir hatten dich gewarnt! Obwohl sie das bestimmt mehr als einmal gedacht hatte.

Das war auch die Zeit, in der sich die Freundschaft zu Sabine richtig festigte. Sabine hatte just zu der Zeit auch gerade eine Enttäuschung hinter sich und so beschlossen sie, vorläufig den Männern den ganz kalten Rücken zu zeigen. Sie machten ihre Ausbildung zu Ende und hatten das Glück, feste Anstellungen zu bekommen. Ein Jahr später zog Jule endgültig bei ihren Eltern aus. Sie suchte sich eine kleine Wohnung und machte sich die richtig gemütlich. Jules Gefühl der

Freiheit war ambivalent. Einerseits war es toll, sein eigener Herr zu sein - dieses Gefühl kannte sie ja bisher nicht; andererseits fehlte da doch etwas. Daheim war immer jemand da, mit dem man reden konnte und der einem auch die lästige Arbeit abnahm. So war sie ganz auf sich gestellt, aber auch daran gewöhnte sie sich.

Auf der Feier zu ihrem fünfundzwanzigsten Geburtstag traf sie Alex. Sie konnte sich beim besten Willen nicht mehr daran erinnern, wer ihn eigentlich mitgebracht hatte. Auf jeden Fall war er da. Alex war ihr absoluter Traummann - groß, schlank, dunkelhaarig und braune Augen. Im Laufe des Abends kamen sie ins Gespräch, tanzten miteinander und irgendwann hatte es gefunkt. Jule war zwar immer noch vorsichtig mit ihren Gefühlen nach der Geschichte mit Andy, aber Alex schaffte es, ihre Zweifel zu zerstreuen. Sie wurden ein Paar und nach einem Jahr suchten sie gemeinsam eine Wohnung. So schön alles anfangs auch war, aber mit der Zeit schlich sich eine ganz böse Abnutzung der Gefühle ein. Alles wurde zur Gewohnheit, selbst das Küsschen zur Begrüßung war nur noch Routine, falls sie überhaupt noch daran dachten. Jule hatte irgendwann das Gefühl, dass sie schon mindestens hundert Jahre mit Alex zusammenleben würde. Sie hatten sich kaum mehr etwas zu sagen, außer belanglosem Zeug. Auch er wurde immer unzufriedener, das war spürbar. Ein Zufall kam ihnen schließlich zu Hilfe, so dass sie beide gut aus der Nummer kamen. Alex erhielt genau im richtigen Moment ein lukratives Stellenangebot in Süddeutschland von seiner Firma und wollte es unbedingt annehmen. Jule war aber nicht bereit, ihrerseits die Zelte abzubrechen und da sie ja schon negative Erfahrung mit Distanzbeziehungen hatte, einigte man sich schließlich auf eine einvernehmliche Trennung. Sie lebten noch zusammen, bis Alex ging und Jule eine neue

Wohnung gefunden hatte. Sie halfen sich sogar noch gegenseitig beim Umzug. Silly war eigentlich ihre gemeinsame Katze, aber Alex hatte sie Jule zum Abschied überlassen, damit sie in der neuen Wohnung nicht so allein wäre. Das war jetzt ein halbes Jahr her. Seither hatte es Jule nicht so mit Männern. Gut, sie flirtete, wenn sie mal ausging und sich die Gelegenheit bot, denn sie war schließlich keine Einsiedlerin und hatte dem Weltlichen den Rücken gekehrt. Sie wurde auch gelegentlich zum Essen eingeladen, entweder von Arbeitskollegen oder Männern aus dem Fitness-Studio, das sie und Sabine besuchten. Manche Einladung nahm sie auch an, aber Mr. Right war noch nicht dabei. Sie war aber auch nicht wirklich auf der Suche. Wie sollte man auch etwas suchen, von dem man gar nicht wusste, wie es genau aussehen sollte. Das Leben war eben nicht einfach! Vor allem heute nicht!

„Krank und ganz allein! Kann es noch schlimmer kommen?", fragte sich Jule laut und streichelte Sillys Fell. Der Blick ihrer Katze war strafend!

2. „Wenn ich jetzt ... wäre"-Fantasien

„Sorry, Silly! Ganz allein bin ich ja wirklich nicht. Du bist ja auch noch da. Aber jetzt stell dir mal vor, wir wären jemand anders. Wir wären nicht Jule und Silly - oder von mir aus wären wir auch Jule und Silly, aber wir wären nicht so wie jetzt, sondern unser Leben hätte einen ganz anderen Verlauf genommen. Vielleicht sogar schon von Geburt an. Ich käme aus reichem Haus und du wärst eine Katze mit adligem Stammbaum oder wir wären im warmen Süden geboren und aufgewachsen. Was meinst du, wie würde es uns dann wohl gehen?", fragte Jule ihre Katze, die sie ziemlich verständnislos ansah.

„Oh, Mann! Ich glaube, ich sollte mal Fieber messen! Entweder liegt es daran oder an den Medikamenten oder an beidem. Vielleicht werde ich auch nur verrückt. Wieso rede ich eigentlich mit meiner Katze?", fragte sie sich voller Selbstzweifel.

25

„Ganz einfach! Weil sonst niemand da ist, mit dem du reden kannst!", beantwortete ihr Alter Ego die Frage ziemlich gnadenlos.

„Danke dafür!", gab sie frustriert zurück. Jule schloss die Augen, lauschte halbherzig den Dialogen des Film und ließ ihre Gedanken schweifen. Langsam tauchte sie ab in eine Fantasiewelt, in der eigentlich alles besser sein sollte. Sollte ...

2.1 Ehefrau und Mutter

Jule malte sich aus, sie wäre Ehefrau und Mutter. Natürlich hätte sie einen liebevollen Ehemann und ein Kind. Ein Kind sollte in ihrer Fantasie vorerst reichen, zumal sie ja gerade erst neunundzwanzig war. Die Vorstellung Ehefrau und Mutter zu sein, gefiel Jule eigentlich ganz gut. Wenn sie ganz ehrlich zu sich war, dann hatte sie auch gehofft, es in diesem Alter zu sein. Leider kommt es im Leben häufig anders, als man denkt.

Bei der Retrospektive ihrer bisherigen, länger andauernden Beziehungen musste sie allerdings zugeben, dass sie mit keinem der Kandidaten hätte verheiratet sein wollen.

Heiner, ihre Jugendliebe, war ein wirklich netter Kerl. So, wie sie gehört hatte, soll er nach dem Studium eine Anstellung irgendwo in Norddeutschland bekommen haben und inzwischen verheiratet sein. Sie hoffte für ihn, dass er eine richtig nette Frau gefunden hatte, denn Heiner war wirklich lieb, aber zu lieb für sie. Sie war schon nicht die Entscheidungsfreudigste, aber er toppte das Ganze noch. Außerdem hatte er ihr immer nach dem Mund geredet. Wenn sie - nur aus einer Laune heraus - bei strahlendem Sonnenschein sagte, dass es gleich regnen würde, dann bestätigte er dies ohne Widerspruch. Sie konnte sich ihn beim besten Willen nicht als ihren Ehemann oder Vater ihrer Kinder vorstellen.

Dann war da noch der reiche und tolle Andy. Der schied ganz einfach komplett aus! Selbst jetzt - Jahre später - ärgerte sie sich noch über ihre Naivität. Eine Bekannte ihrer Mutter erzählte beim Kaffeeklatsch, dass er immer noch eine Frau nach der anderen verschleißen würde. Wohl sehr zum Leidwesen seiner Eltern, die sehnsüchtig auf einen Enkel warteten, der die Familiendynastie festigte. Andy war nämlich der einzige Nachkomme und damit Alleinerbe, der natürlich nicht ohne Nachfolger bleiben durfte. Jule war zwar der Meinung, dass das besser für die Menschheit wäre, aber sie wurde ja nicht gefragt. Seine Eltern taten ihr fast leid, aber auch nur fast! Sie hatte zwar nie viel mit ihnen zu tun gehabt, aber sie hatte immer den Eindruck, dass sie ihnen nicht gut genug war - eben nicht standesgemäß. Obwohl sie wirklich nicht wusste, worauf die sich etwas einbildeten. Bildungsmäßig waren ihre eigenen Eltern denen weit voraus. Bei dem Gedanken an Andy als Ehemann und Vater schüttelte es sie. Oder war es der Schüttelfrost, den sie tatsächlich hatte?

Schließlich kam sie auf Alex - ihren vermeintlichen Traummann. Sein Äußeres versprach südländisches Temperament. Sein Innerstes war das Gegenteil. Alex war eine Seele von Mensch! Da sollte jemand in ihrer Gegenwart etwas anderes behaupten! Er war treu, aufrichtig, konnte durchaus auch witzig sein und mit ihm konnte man Pferde stehlen.

Er hatte immer die Ruhe weg, selbst im größ-
ten Chaos. Alex war ein echter Kumpeltyp.
Und genau das wurde zum Problem, als die
erste Verliebtheit nachließ. Wer wollte schon
seinen besten Kumpel als Ehemann haben?
Jule jedenfalls nicht! Ihr war das einfach zu
wenig. Es fehlte ihr etwas.

Fakt war, dass der Richtige noch nicht
dabei war. Auch wenn Jule sich das anders
gewünscht hätte, vor allem jetzt, wo sie krank
war. Ihre Gedanken schweiften ab und sie
dachte: „Wenn Alex ein bisschen etwas von
Olive (so nannte sie Oliver, einen Kollegen
aus der Rechtsabteilung) gehabt hätte oder
der wiederum etwas von Alex hätte ... Das
Aussehen von Alex und die Art von Olive,
das wär's doch für den Anfang! Warum kann
ich mir nicht einen Mann selbst zusammen-
stellen? Dafür sollte mal jemand so eine Art
Baukasten erfinden!"

Jule blieb also nichts anderes übrig, als
ihre Ehefrau- und Mutter-Fantasie mit einem

fiktiven Ehemann zu spinnen. Das war gar nicht so leicht! Sie versuchte in ihrer Vorstellung das zu erreichen, was ihr in der realen Welt bisher versagt geblieben ist - sie erschuf sich den perfekten, imaginären Ehemann. Sie fragte sich, was damit wohl anders wäre an ihrer jetzigen Situation.

Jule stellte sich das so vor: Sie wäre morgens aufgestanden und hätte sich unwohl gefühlt - so wie es in der Realität auch war. Ihr Ehemann hätte sie fürsorglich wieder ins Bett geschickt und ihr einen Tee gekocht. Außerdem hätte er ihr noch ihr Körnerkissen warm gemacht und ihr alle verfügbaren Grippemedikamente ans Bett gebracht. Natürlich würde er sich auch um das Kind kümmern, da sie ja viel zu schlapp dafür war. Sie hätte liebevoll umsorgt im Bett bleiben können, bis - ihr Mann zur Arbeit müsste. Wäre ihr Ehemann morgens bei ihr geblieben, weil es ihr schlecht ging? Das wäre sehr unrealistisch! Sie war schließlich nicht lebensbedrohlich krank. Tagsüber wäre sie also allein. Sie könnte sich aber immerhin auf den Nachmittag freuen, wenn ihr Mann wieder nach Hause kommen würde. Dann würde er sie umsorgen und pflegen. Aber würde er das auch tun? Die Erfahrung aus ihren bisherigen Beziehungen sahen eher so aus, dass ihre Männer schon beim kleinsten Schnupfen meinten, sterben zu müssen. Hatte sie aber etwas, dann wurde es als halb so schlimm abgetan. Also bei ihrem Ehemann konnte sie sich nicht unbedingt auf liebevolle Fürsorge verlassen.

Dann war da noch die Sache mit dem Kind. Was tun mit dem Kind, wenn man selbst krank war? Gute Frage! Ihre Mutter fiel aus, da selbst auch berufstätig. Schwiegermutter? Großes Fragezeichen! Wenn das Kind noch ganz klein wäre, könnte sie es zur Not auch noch selbst versorgen. Da wäre schon das nächste Problem! Da müsste sie sich ständig aufraffen und sich um die Belange des Kindes kümmern, statt um ihre eigenen.

„Jule, du bist ein ganz schöner Ego!", dachte sie.

„Na und! Du darfst das heute! Du bist schließlich krank!", verteidigte sie ihr Alter Ego.

Okay, also wenn das Kind noch klein wäre, würde es schon irgendwie gehen. Was aber, wenn das Kind schon größer und bereits in der Kita wäre? Zuhause lassen? In die Kita bringen und abholen? Da müsste sich Jule schon wieder aufraffen. Vielleicht hätte sie aber auch Glück und eine andere Mutter könnte das übernehmen. Kind daheim wäre aber auch nicht der Hit! Ein Kind möchte beschäftigt werden. Da bliebe ihr kaum Zeit, um still vor sich hin zu leiden.

Naja, vielleicht könnte man etwas arrangieren. Das Kind bei Spielgefährten unterbringen, bis der Ehemann nach Hause kommt. Wenn Kind und Ehemann wieder daheim wären, müsste sich der Ehemann um das Kind kümmern und es würde kaum noch Zeit für sie bleiben. Vorausgesetzt der Ehemann kümmerte sich auch um das Kind und gehörte nicht zu der Fraktion: Frau ist krank, aber das ist nicht weiter schlimm, aber ich habe gearbeitet und brauche meine wohl verdiente Ruhe. Sie konnte sich zwar nicht vorstellen, dass sie so ein Exemplar zum Gatten nehmen würde, aber man konnte ja nie wissen, wie die sich entwickeln.

Je mehr sie darüber nachdachte, desto weniger gefiel ihr diese Variante. Jule war einfach zu sehr Realistin, als das sie glauben oder sogar nur träumen konnte, dass es ihr in der Situation besser gehen würde.

De facto wäre es so, dass sie auch als Ehefrau und Mutter die meiste Zeit allein mit ihrer Krankheit wäre.

Da fiel ihr schon eine neue, scheinbar bessere Variante ein. Wenn schon Ehefrau und Mutter, dann - bitte schön! - auch reich!

2.2 Reiche Ehefrau und Mutter

Erneut versuchte sich Jule zu konzentrieren, um sich in diese Situation hineinzuversetzen. Reich bedeutete für sie in diesem Zusammenhang, dass sie wenigstens ein Kindermädchen und eine Zugehefrau, die auf Abruf alles für sie erledigte, hätte. Das Kindermädchen wäre praktisch, weil so alle Probleme mit dem Kind, ob groß oder klein komplett wegfallen würden. Die Zugehefrau könnte sich so weit um den Haushalt, um Besorgung und natürlich um Silly kümmern. Denn auch in Jules Fantasiewelt durfte ihre geliebte Silly nicht fehlen. Gut, somit wären schon einige Dinge aus ihrer vorhergegangenen Fantasie deutlich verbessert. Sie fing gerade an, sich das Ganze auszumalen, wie sie als Dame des Hauses ihrer Krankheit frönen konnte, während andere für sie sprangen, da stellte sich Jule auch schon die Frage, ob es ihr wirklich so gefallen würde, dass ihr

Kind quasi von einer Fremden aufgezogen würde. Sie hatte ja schon ein schlechtes Gewissen, wenn sie mal weg war und ihre Nachbarin für ein paar Tage die Fütterung von Silly übernahm. Ihr Kind wäre aber immerhin ihr eigen Fleisch und Blut. So ganz optimal fand sie den Gedanken doch nicht.

„Verflucht! Kann nicht wenigstens in meiner Fantasie mal alles ganz einfach sein?", sagte Jule plötzlich laut.

„Nein, denn das wäre untypisch für dich", lästerte ihr Alter Ego.

Silly sah sie kurz missbilligend an, schüttelte den Kopf, reckte sich, um sich dann wieder einzurollen.

„Ich weiß, du kannst mich überhaupt nicht verstehen. Du hast meine Sorgen ja auch nicht", meinte Jule zu Silly.

So richtig konnte Jule sich auch mit dieser Fantasie nicht anfreunden. Die Sache mit den Angestellten gefiel ihr irgendwie nicht. Sie war so gar nicht der Typ, der anderen Kommandos gab. Sie verließ sich lieber auf sich selbst. Tja, und dann war da noch das Problem mit dem Reichtum. Von ihr konnte der nicht kommen, da sie als Industriekauffrau nie so viel verdienen würde. Also musste ihr Mann reich sein. Wahrscheinlich müsste der dann auch viel arbeiten, um seiner Frau und seinem Kind solche Annehmlichkeiten bieten zu können. Nur, wer viel arbeitete, hatte auch wenig Zeit. Sie fragte sich ja schon immer bei den Führungskräften in ihrer Firma, wie die das eigentlich mit ihrem Familienleben organisiert bekamen. Die machten Überstunden ohne Ende und waren regelmäßig auf Reisen. Viele von ihnen frönten noch exklusiven Hobbys, nicht etwa wegen des sportlichen Effekts, sondern wegen des Vitamin B's. Da blieb nicht mehr viel Zeit für Frau und Kinder. Wahrscheinlich würde ihr Ehemann noch nicht einmal registrieren, dass sie krank wäre. Möglicherweise wäre er sogar auf Geschäftsreise.

Der Gedanke an die Führungskräfte aus der Liga, die für ihre Fantasie in Frage kamen, stimmte sie auch nicht unbedingt optimistisch. Von denen, mit denen sie zu tun hatte, hätte sie keinen freiwillig genommen. Die kannten fast ausschließlich nur ihren Job und alles, was mit Karriere zu tun hatte. Den Sinn für die kleinen Freuden des Lebens hatte sie in der Regel verloren. Ihre Frauen waren entweder ebenfalls Karrierefrauen oder aber schmückendes Beiwerk. Eine als Industriekauffrau arbeitende Ehefrau wäre wohl unter Niveau. Jule wusste sogar von einer Ehefrau, die „Nur-Hausfrau" war - also schmückendes Beiwerk - die ihre Nachbarn nicht grüßen durfte, weil diese nur zum einfachen Mittelstand gehörten. Jemand aus ihrer Abteilung gehörte zu diesen besagten Nachbarn und er erzählte das mal in einem Gespräch. Jule konnte es zwar kaum glauben, dass es heutzutage noch solche Standesdünkel geben würde, aber der Kollege war absolut vertrauenswürdig und sie musste sich auch nur an Andys Eltern erinnern ...

Jule musste mal wieder feststellen, dass das nicht unbedingt ein Leben für sie wäre.

Also Managertypen schieden definitiv aus! Vielleicht sollte sie es mit dem Exemplar „von Beruf Sohn" versuchen. Der Papa kümmerte sich um die Geschäfte und die Finanzen, während die Kinder Scheinangestellte waren und das Geld ausgaben. Das war etwas, das sie schließlich schon selbst erlebt hatte.

In so einem Fall hätte Jule sogar Glück haben können, dass ihr Ehemann auch wirklich Zeit für sie hätte und sich um sie kümmern könnte. Die Frage wäre nur, ob jemand dieses Exemplars gewillt wäre, sich mit einer quengelnden Kranken auseinander zu setzen. Jule war sich sicher, dass es solche Exemplare sicherlich gäbe, aber sie - bei ihrem Glück - das Gegenteil erwischen würde. Ihr Andy war ja das beste Beispiel für so einen eklatanten Fehlgriff. Kinder in solchen Beziehungen hatten meist auch nur den Zweck, nach außen eine glückliche Ehe zu signalisieren und den Familiennamen vor dem Aussterben zu bewahren.

Außerdem gehen erfolgreiche Männer häufiger fremd, weil sie mehr Gefahren ausgesetzt waren!

„Hallo, Jule!" rief sie sich zur Mäßigung ihrer Gedanken auf. „Kann es sein, dass ich heute voller Vorurteile stecke und mit gar nichts zufrieden bin?"

„Ist doch so! Oder zumindest hat man schon oft davon gehört! Und bei deinem Glück trifft es dich sowieso wieder, genau wie damals bei Andy!", sagte ihr Alter Ego trotzig zur Verteidigung.

Jule war ganz und gar nicht überzeugt von dieser Variante. Auch hierin sah sie keine Verbesserung. Außerdem erschreckte es sie, dass sie dabei so viel an Andy denken musste.

Er schien immer noch ein Stachel in ihrem Fleisch zu sein.

Alles in allem war die Variante, so wie sie es sah, keine echte Bereicherung. Am Ende wäre sie schon wieder allein mit ihrem Infekt und ihrer Katze.

„Ach, Silly! Hast du den keine Idee unter welchen Bedingungen es uns jetzt besser gehen könnte?", fragte sie ihre Katze.
Silly antwortete nicht, sondern schnurrte nur ganz zufrieden vor sich hin.

Jule widmete sich jetzt wieder halbherzig dem Film. Sie bewunderte die Wespentaille von Vivian Leigh.
„Bei der Taille und den Augen hätte ich auch Model oder Schauspielerin oder beides werden können!", sagte sie laut zu sich. Sie erschrak, als sie sich reden hörte und dachte nur: „Oh Gott! Das Fieber hat Folgen! Ich führe Selbstgespräche! Hauptsache, es wird nicht noch schlimmer!"

Sie kuschelte sich noch tiefer unter ihre Decke und schloss wieder die Augen. Wie wäre es wohl, wenn sie tatsächlich Model oder Schauspielerin wäre?

2.3 Model oder Schauspielerin

Der Gedanke erschien ihr recht verlockend. Die Welt der Schönen und Reichen ließ doch Platz genug für Träume. Die Vorstellung war so herrlich weit weg von ihrer eigentlichen Biografie. Wäre sie Model oder Schauspielerin, dann hätte sie im Höchstfalle noch einen Schulabschluss und eventuell eine Ausbildung an einer Schauspielschule. Sie war sich sogar sicher, dass sie heute eine andere Moral- und Wertvorstellung hätte. Es würde ihr natürlich nichts ausmachen, andere zu kommandieren, da sie es ja gewohnt wäre. Außerdem wäre es nicht ihr Problem, wenn sich andere für sie zum Narren machen würden, zum Beispiel die Garderobe nach ihren Wünschen einrichteten, ihr Lieblingsmineralwasser einfliegen ließen oder sonstige Annehmlichkeiten bieten würden.

„Reichlich dekadent!", dachte sich Jule.

„Egal, wenn du jetzt wieder mit deinem ‚Aber‘ anfängst, dann kannst du deine Fantasien von einer besseren Situation vergessen!“, schalt sie ihr Alter Ego.

Also träumte Jule weiter davon, wie es wäre, wenn andere alles tun würden, damit es ihr bald besser ginge.

Sie hätte nicht zum Arzt gemusst und mit dem gewöhnlichen Fußvolk warten müssen. Der Arzt - natürlich der beste! - wäre zu ihr geeilt. Die teuersten Medikamente wären gerade gut genug.

In dem Moment musste Jule an einen Arbeitskollegen denken, der sich an der Achillessehne verletzt hatte. Der hatte ewig „Spaß“ damit. Irgendwann hatte er mal völlig genervt gesagt, dass er als Fußballprofi schon längst wieder fit wäre, weil er die beste Behandlung und alle möglichen Therapien bekommen hätte, von denen „Otto Normalverbraucher“ nur träumen konnte.

So stellte sich Jule das jetzt auch vor. Sie war der Star und sie bekam alles. Sie bekam Tee, wenn ihr danach war. Sie bekam die feinsten Delikatessen, wenn ihr danach war. Den ganzen Tag würden ihr Genesungswünsche überbracht, die entweder per Post, per Mail oder telefonisch ankamen. Natürlich würde sie auch ganz viele Genesungsblumen und -präsente bekommen. In ihrer Fantasie zelebrierte sie gerade richtig ihre Krankheit. Sie war zwar krank, aber sie war trotzdem der Star! Apropos Star ...

Jule hatte doch gewusst, dass selbst diese verlockende Idee einen Haken hatte. Als Kranke konnte man nur ein Star sein, wenn man es auch ansonsten war. Das Problem war nur, dass man da erst einmal hinkommen musste! Schließlich ist nicht jedes Model ein Supermodel wie die Klum und nicht jede Schauspielerin bekommt Millionengagen wie die Jolie. Von denen hörte man zwar immer und zwangsläufig dachte man an sie, aber bis dahin schaffte es eben nicht jeder. Jule war schon bewusst, dass sie für ein Model zu klein war und nicht ganz die richtigen Proportionen hatte und mit ihrem schauspielerischen Talent war das auch so eine Sache. An eine Karriere über die Bestzungscouch wollte sie besser gar nicht erst nachdenken, selbst mit Fieber nicht!

Hinzu kam dann noch, dass bei diesen Personen auch immer ganz genau hingesehen wurde, was sie taten, wie sie aussahen oder ihr Befinden war. Bei Krankheiten wurde gleich immer alles Mögliche gemunkelt. Besonders beliebt waren derzeit Babygerüchte, Ess-Störungen sowie Alkohol- und Drogenprobleme. Um gar nicht erst in den Geruch eines Verdachts zu kommen, hatte man gar nicht die Wahl zum Arzt zu gehen. Man musste den kommen lassen. Außerdem hätte sich Jule heute gar nicht so schminken können, dass sie einigermaßen ausgesehen hätte auf Paparazzi-Fotos. Genau diese Zunft wartete aber nur auf solche Fotos. Auf der einen Seite verabscheute sie diese Leute, die immer auf der Jagd nach Promifotos waren, aber auf der anderen Seite musste sie ehrlich zugeben, dass es sie auch jedes Mal freute, wenn so ein Promi mal ungeschminkt und ganz uncharmant abgelichtet wurde. Sie empfand - wie sie zu ihrer Schande gestehen musste - immer so eine Art Genugtuung, so in der Art „Sind die nicht aufgehübscht, sehen die auch nicht mehr so toll aus!".

„Bin ich wirklich so ein garstiger Mensch?", fragte sie sich.

„Nein! Nicht mehr als andere auch!", beruhigte sie ihr Alter Ego.

Die Vorstellung von Paparazzi gejagt zu werden gefiel ihr gar nicht, weder im gesunden, noch im kranken Zustand. Wäre sie ein Promi würde ihr aber genau das blühen. Gerade für sie, die fast alle Fotos von sich schrecklich fand und am liebsten jedes einzelne zensiert hätte, war das eine absolute Gruselvorstellung!

„Naja, um so einen richtigen Hype auszulösen, müsste man schon mehr so international bekannt sein. Deutsche Promis sind ja doch etwas unbehelligter. Oder?", fragte sie sich etwas unsicher.

Bei genauerer Betrachtung stellte sie fest, dass es egal war, ob Promi international oder national. Es hatte alles seine Schattenseiten.

Jule fand, dass krank sein für Promis fast noch anstrengender war als für normal Sterbliche. Letztere mussten sich wenigstens keine Sorgen machen wegen Gagenausfällen, Showabsagen oder Ähnlichem. Wenn man sich nur vor Augen hielt, dass für ein Model eine Showabsage schon das Ende der Karriere bedeuten konnte, weil ein anderes als Ersatz einspringen und vielleicht sogar besser ankommen würde. Durch solche Vorfälle konnten ganze Verträge kippen. Die mussten Unsummen für Versicherungen ausgeben, um für alle Eventualitäten gewappnet zu sein. Dann gab es da auch noch diese Konventionalstrafen, die gerade im Modelbereich üblich waren.

„Gut, dass sich diese Problematik für dich gar nicht stellt!", mischte sich ihr Alter Ego ein.

„Ich weiß auch, dass ich keine Traummaße habe!", gab sie beleidigt zurück.

Neben den Modelmaßen stieß ihr in diesem Zusammenhang noch ein Gedanke ganz unangenehm auf, nämlich der der Dauerdiät.

Nein, auch diese Fantasie wollte ihr so gar nicht gefallen! Außerdem zerbrach sie sich immer noch den Kopf darüber, wer dann eigentlich bei ihr wäre. Darauf fand sie spontan wieder keine Antwort. Plötzlich fielen ihr die ganzen Prominenten ein, die relativ jung, absichtlich oder unabsichtlich, gestorben waren. In den meisten Fällen waren diese auch krank und verdammt allein. Was nutzte also der ganze Ruhm?

Jule verzweifelte langsam an ihren Fanta-sien. Sie hatte bisher noch keine gehabt, die eine Verbesserung ihrer jetzigen Situation bedeutet hätte. Sie dachte wehmütig zurück an ihre Kindheitsfantasien. Sie konnte sich beim besten Willen nicht daran erinnern, dass die jemals so kompliziert waren wie ihre heu-tigen.

2.4 Prinzessin

Jule wurden ihre Fantasien langsam unheimlich und vor allem reichlich anstrengend. Es musste doch eine geben, in die man sich einfach kindlich naiv fallen lassen konnte. Als sie noch ein Kind war, hatte das doch auch funktioniert. Wie oft war ihre Mutter in ihr Zimmer gekommen und hatte zu ihr gesagt: „Kind, du träumst ja schon wieder und bist ganz weit weg. Du hörst ja noch nicht einmal mein Rufen."

Das war auch wirklich so. Wenn sie einmal in ihrer Traumwelt war, dann bekam sie von der realen Welt gar nichts mehr mit. Warum schaffte sie es heute nicht mehr, so abzuschalten? Jule versuchte sich an ihre damaligen Fantasien zurück zu erinnern. Eine ihrer Lieblingsfantasien - das wusste sie noch ganz genau - war die Prinzessin-Fantasie. Sie hatte sich dann vorgestellt, dass sie eine Prinzessin wäre. So richtig mit Krönchen und prachtvollen Kleidern. Ihre Eltern waren natürlich König und Königin. Sie lebten glücklich in einem riesigen Schloss und waren unermesslich reich. Jules eigenes Schlafzimmer war mit einem riesigen Himmelbett ausgestattet, das sogar Vorhänge hatte, die man zuziehen konnte. Außerdem hatte sie ein eigenes Ankleidezimmer für ihre vielen Gewänder und Schuhe. Ein eigenes Badezimmer und ein großes Spielzimmer fehlten natürlich auch nicht. Jule besaß ganz viel Spielzeug, obwohl sie das gar nicht gebraucht hätte, weil das Schloss mit seinen vielen Zimmern und Fluren schon Spielzeug genug war. Es gab auch ganz viele Spielkameraden, so dass sie nie allein war, außer wenn sie es wollte. Kuchen, Kekse, Schokolade und andere Leckereien gab es im Überfluss. Sie musste nur etwas ordern, dann wurde es gebracht. Dafür waren die vielen Bediensteten da. Ihre Eltern hatten sogar extra einen Zoo für sie angelegt, weil sie Tiere so liebte. Das Leben in dem großen Schloss wurde nie langweilig, war aber herrlich unbeschwert. Als Prinzessin musste man sich nie Sorgen machen. Selbst wenn sie mal jemand ärgerte, dann wurde derjenige sofort angemessen bestraft. Da die Bestrafungen aber immer sehr moderat waren - obwohl es auch einen Folterkeller für die ganz Bösen gab - wurde die Königsfamilie von den Untertanen geliebt und umjubelt. Es war einfach herrlich eine Prinzessin zu sein! War ...

„Oh, nein! Nicht schon wieder irgendwelchen Wenns und Abers!", sagte sich Jule.

„Doch! Das war deine Kindheitsfantasie. Die Realität sieht ganz anders aus!", gab ihr Alter Ego zu bedenken.

Jule überlegte kurz, was sie so allgemein über heutige Prinzessinnen wusste und überprüfte ihre Fantasie auf Alltagstauglichkeit. Was blieb da noch großartig von ihrer Fantasie übrig?

Gut, da war noch der Reichtum. Die Queen gehört immerhin zu den reichsten Frauen Englands. Vermögend waren wohl die meisten Royals.

Schlösser - Schlösser gab es meist sogar mehrere. Die vielen Zimmer und Flure waren auch vorhanden. Dabei musste man aber bedenken, dass jeweils nur Teilbereiche genutzt wurden. Einige Bereiche waren sogar der Öffentlichkeit zugänglich. Schließlich mussten die Bauten ja auch unterhalten werden. Platz gab es bei Königs sicherlich genug, aber Jule konnte sich nicht erinnern, dass sie da bei den Reportagen, die man zu sehen bekam, so ein richtig lauschiges Plätzchen gesehen hätte. Das Interieur der Räume war stets edel. Manche fanden es bestimmt auch schön, aber kuschelig war da rein gar nichts. Naja, sie wollte aber nicht ausschließen, dass es so etwas vielleicht doch irgendwo hinter verschlossenen Türen gab und wenn es der umgebaute und modernisierte Folterkeller war.

„Jule!", schalt sie sich.

„Schon gut, schon gut! Bist nur etwas abgedriftet", versuchte ihr Alter Ego sie zu beruhigen.

Schöne Kleider gab es immer noch zu bestaunen, aber nur bei großen Anlässen. Sicherlich gaben Blaublüter mehr Geld für Kleidung aus, aber der ganz große Unterschied zum „gewöhnlichen Fußvolk" bestand rein optisch nicht mehr. Diversen Prinzessinnen wurde gar Verschwendungssucht in Bezug auf ihre Kleidung vorgeworfen, dabei sahen manche Klamotten so aus, als stammten sie aus einem Durchschnitts-Modehaus, was bei Prinzessin Kate sogar in einigen Fällen zutraf. Das besagte Modehaus dürfte sich sehr über den Hype gefreut haben und Kate wurde damit zu einem Trendsetter. Andersherum hatte sie aber auch manchmal den Verdacht, dass sie einen Altkleider-Container durchsucht hatten, aber das war ihr persönlicher Eindruck.

Andere waren bestimmt ganz entzückt, ob des exklusiven Geschmacks. Der Nachteil für sie war aber definitiv, dass normale Menschen anziehen konnten, was sie wollten. Da lästerten vielleicht einige Leute hinter dem Rücken, aber bei royalen Personen fand sich jeder kleidungstechnische Fehlgriff gleich auf den Titelseiten irgendwelcher Boulevardblätter wieder oder löste, wie im Falle Kate, einen Trend aus.

„Welch ein Graus! Ich als Trendsetterin? Nein! Das wäre nichts für mich!", meinte Jule zu sich selbst.

„Nein!", bestätigte ihr Alter Ego. „Dann kämst du gar nicht mehr aus dem Haus, bei deiner Entscheidungsfreudigkeit in Sachen Kleidung."

Aber nicht nur die Kleidung war ein Problem, hinzu kamen auch noch Make-up, Frisur und Gewicht. Jedes Pfündchen zuviel wurde genauestens unter die Lupe genommen und kommentiert. Wie schnell wurden Prinzessinnen irgendwelche Krankheiten angedichtet wie etwa Magersucht bei Kronprinzessin Letizia. Jede Gewichtsveränderung bei ihr wurde peinlichst genau registriert.

„Naja, vielleicht würde ich dann mal ein paar Pfund abnehmen, weil alle Welt darauf schaut. Nein, das müsste ich nicht haben", dachte sich Jule und schüttelte energisch den Kopf.

„Ja, es ist noch schlimmer als bei einem Model. Und da hattest du schon Probleme mit", meldete sich jetzt auch noch ihr Alter Ego.

Jule widmete sich wieder dessen, was von ihrer Fantasie überblieb.

Bedienstete gab es in jedem Schloss. Ob es früher mehr oder weniger waren, konnte Jule beim besten Willen nicht sagen. Aber irgendwie fand sie, dass es heute schwieriger war mit den Angestellten. Früher hatten diese einfach nur treu ergeben und gehorsam zu sein, ansonsten gab es drakonische Strafen. Heute war das nicht mehr der Fall. Wie oft war es schon vorgekommen, dass Angestellte der Königshäuser für gutes Geld pikante Details ausgeplaudert hatten. Es war gar nicht so einfach, da überhaupt jemandem zu trauen. Für Jule wäre das eine unerträgliche Situation, wenn sie ständig jedes Wort auf die Goldwaage legen müsste.

Die Sache mit den Freunden und Spielkameraden war ebenfalls nicht einfach. Bei einer Prinzessin kam auch nicht jeder als Spielkamerad in Frage. Die Familien mussten schon entsprechend sein.

Im Erwachsenenalter wurde es auch nicht besser. Schließlich stand man immer im Rampenlicht und saß auf dem Präsentierteller. Rampenlicht, Paparazzi und Bodyguards als ständiges Drumherum waren nicht wirklich verlockend. Da war es gar nicht so einfach, jemanden kennenzulernen. Zumal man in Liebesangelegenheiten nicht wirklich freie

Hand hatte. Jule fand, dass auch die moderne Monarchie nicht sehr weit vom Mittelalter entfernt war. Thronverzichte aus Liebe, Verzicht auf die große Liebe zu Gunsten des Throns oder Trennungen wegen Kinderlosigkeit gehörten der jüngeren Vergangenheit an. Und wenn man sich nicht der Familie zu beugen hatte, dann der Staatsräson, sprich dem Volk und der Politik. Und das, obwohl die meisten Königshäuser politisch eigentlich unbedeutend waren. Wollte man die Monarchie aber erhalten, hatte man etwas dafür zu tun. Man musste quasi Werbung machen in eigener Sache, wie etwa Benefizveranstaltungen, Staatsempfänge oder Repräsentationsreisen, um seine Existenz zu rechtfertigen. Wie sagte Sabine dazu so treffend: Ein Land hat keine Monarchie, sondern hält sich eine - vorausgesetzt, es kann sich eine leisten. Tatsache war, dass sich die Monarchie in der Regel aus Steuergeldern finanzierte und es regelmäßige Meinungsumfragen gab, bei denen sich das Volk äußern konnte, ob die Monarchie noch sinnvoll war. Die Meinung des Volkes beeinflusste schließlich auch den royalen Etat. Da konnte man sich nicht alles erlauben, wenn auch schon viel geduldet wurde.

Je mehr Jule über das Leben von Prinzessinnen nachdachte, desto mehr Nachteile fielen ihr ein, die ihr so gar nicht gefallen wollten.

Jule merkte, dass auch ihre letzte Fantasie der Realität nicht Stand halten konnte. Wäre ihre Situation als Prinzessin jetzt tatsächlich anders oder wäre sie - abgesehen von Bediensteten und Haustieren - ebenso allein?

Die Wahrscheinlichkeit war ziemlich groß. Liebesglück wäre ihr als Prinzessin auch nicht garantiert. Das beste Beispiel dafür war ja Prinzessin Diana. Mit ihr hätte Jule auch für alles Geld der Welt nicht tauschen wollen! Was nutzte es, wenn die Massen weltweit an ihrem Schicksal teilnehmen würden und vielleicht sogar irgendwie mit ihr litten - letztendlich wäre sie damit allein.

„Silly, wenn ich es mir recht überlege, dann möchte ich gar keine Prinzessin sein!", sagte sie zu Silly.

Silly guckte sie an, als wenn sie sagen wollte: „Das hätte ich dir auch gleich sagen können! Dafür hättest du dir nicht den Kopf zerbrechen müssen!"

Jule war müde geworden und beschloss, einfach nicht mehr nachzudenken und sich nur noch von dem Rest des Films berieseln zu lassen.

„Das Denken verschieben wir besser auf morgen, Silly", flüsterte sie noch, bevor ihr die Augen zufielen.

3. Gut so, wie es ist

Als Jule wach wurde, brauchte sie eine ganze Weile, bis sie sich wieder zurecht fand. Sie stand auf, ging in die Küche, um sich einen Tee zu kochen und etwas zu essen. Es war auch wieder Zeit für ihre Medikamente. Silly, die hinter ihr her getrottet kam, fütterte sie auch gleich.

Jule hatte sich gerade wieder im Wohnzimmer niedergelassen und studierte noch die Fernsehzeitung, als es klingelte. Jule sah auf die Uhr und wusste sofort, dass es nur ihre Freundin Sabine sein konnte. Jule öffnete die Tür.

„Hi, du kranke Maus! Du siehst ja bemitleidenswert aus! Ich habe dir ganz viele, schöne Sachen mitgebracht. Da wird es dir bestimmt gleich besser gehen. Und ganz viele Neuigkeiten habe ich auch noch für dich", begrüßte Sabine ihre Freundin stürmisch. –

„Okay! Aber komm erst einmal herein", versuchte Jule deren Überschwang zu bremsen.

Sabine kam herein und sie gingen gemeinsam in die Küche. Sabine stellte die Einkaufstüten auf die Arbeitsfläche.

„So, da wäre alles aus dem Notfallpaket: Mineralwasser, Milch, Multivitaminsaft, Zitronen, Brot, ein bisschen Wurst und Käse und - die Hühnersuppe, die darf natürlich nicht fehlen! Deine Lieblingsschokolade habe ich selbstverständlich auch nicht vergessen. Für Silly habe ich noch Leckerchen mitgebracht", sagte Sabine, während sie auspackte. – „Super! Du bist ein echter Schatz!", erwiderte Jule. „Was gibt es denn für Neuigkeiten?", wollte sie neugierig wissen. – „Gleich! Nur mit der Ruhe! Magst du lieber einen Tee oder Kaffee?", fragte Sabine, die jetzt komplett das Regiment in Jules kleiner Küche übernommen hatte. – „Tee. Und du?" – „Ich trinke dann auch Tee", antwortete Sabine. – „Gut, den mache ich aber. Nimm schon mal die Schokolade mit und geh ins Wohnzimmer vor", forderte sie Sabine auf.

Als Jule mit dem Tee ins Wohnzimmer kam, hatte Sabine Silly schon mit Leckerchen verwöhnt und kraulte ihr seidiges Fell, während die Katze laut und zufrieden schnurrte.

„So, jetzt erzähl aber! Was gibt es für Neuigkeiten?", wollte Jule jetzt endgültig wissen. – „Schon gut! Wo fange ich am besten an? Bei den Skandalen!", überlegte Sabine. – „Skandale? Sind denn gleich mehrere passiert?", fragte Jule ganz perplex. – „Ja! Heute war eigentlich so ein Tag, wo man nicht fehlen durfte. Die Ereignisse überschlugen sich regelrecht", war Sabines vielversprechende Antwort. – „Das gibt es doch nicht! Wenn ich da bin, passiert so gut wie nie etwas und heute so viel. Das ist unfair!", beschwerte sich Jule. – „Ist das nicht irgendwie immer so? Wundert dich das etwa?", fragte Sabine eher rhetorisch. – „Nein! Nicht wirklich!", antwortete Jule. – „Dann fange ich mal an, zu erzählen. Ich versuche das zu staffeln. Das - meiner Meinung nach - harmloseste Ereignis zuerst", fing Sabine an. – „Wenn du schon so anfängst, dann wird es spannend", warf Jule kurz ein. – „Das kann ich dir sagen! Jetzt fange ich aber endgültig an. Du erinnerst dich doch bestimmt an den arroganten, aufgeblasenen Unsymph aus der Marketingabteilung?", fragte Sabine. – „Meinst du den, der mich so nieder gemacht hat, weil er meinte, ich würde seine Rechnungen zu pingelig prüfen?" – „Genau den! Was hattest du dem noch gewünscht?", fragte Sabine nach. – „Dass er an seiner Unehrlichkeit ersticken möge!", erwiderte Jule. – „Das ist er zwar nicht, aber zumindest wohl darüber gestolpert. Heute wurde erzählt, dass er gegangen worden ist und das von jetzt auf gleich. Genaueres wusste aber keiner. Wir können uns das aber denken oder ...?" – „Das ist ja der Hammer! Dann haben wir wohl doch nicht ganz falsch gelegen mit unserer Vermutung, dass er irgendwelche Mauscheleien machte oder es zumindest versucht hat. Naja, ich finde, es geschieht ihm recht! Das war erst der Anfang?" – „Ja! Dem netten Abteilungsleiter aus dem Versand ist auch gekündigt worden", erzählte Sabine weiter. – „Nein!!!! Das gibt's doch gar nicht. Was hat der denn angestellt? Hat er etwa goldene Löffel geklaut?", fragte Jule fassungslos. – „Nee, viel blöder! Er soll - in flagranti - mit seiner Schreibkraft im Büro erwischt worden sein. Angeblich haben die Überstunden gemacht. Nur blöd, dass sein Chef reinkam", sagte Sabine und zwinkerte Jule vielsagend zu. – „Wie blöd ist das denn? Warum haben die denn nicht abgeschlossen, wenn sie schon ...? Das hätte ich ihm aber nie zugetraut. Der ist doch verheiratet und hat kleine Kinder. Und dann noch mit dieser blöden Ziege! Hätte der sich nicht eine andere dafür aussuchen können?", erwiderte Jule angewidert. „Naja, irgendwas muss sie ja an sich haben ...

Das soll bei ihr ja nicht das erste Mal gewesen sein, dass sie etwas mit ihrem Vorgesetzten angefangen hat. Bisher hat sie sich dabei aber nie erwischen lassen. Sehr merkwürdig, dass es dieses Mal passiert ist." – „Was meinst du damit? Dass das Absicht war?" – „Der traue ich einfach alles zu. Ich konnte die noch nie leiden! Das ist auch so ein Mensch, den ich die Treppe runterschubsen könnte und nachher behaupten würde, ich hätte noch versucht, sie zu halten, ohne dass ich mich schämen würde." – „Jule! Schäm dich! Der wünscht du aber auch nur das Allerbeste, oder?", meinte Sabine und tat empört. – „Ja, das und noch viel mehr! Es gibt einfach Menschen, auf die man verzichten kann. Wurde ihr wenigstens auch gekündigt?" – „Nein, so viel ich weiß, hat sie nur eine Abmahnung bekommen. Ihn hat es schlimmer getroffen, weil er der direkte Vorgesetzte ist, so von wegen ‚Abhängigkeitsverhältnis zwischen Angestellten und Vorgesetzten'", erklärte Sabine. – „Die Neuigkeit ist ja echt heftig! Ich verstehe nur nicht, warum ein so netter und eigentlich intelligenter Mann für einmal - du weißt schon! - Karriere und Familie aufs Spiel setzt. Ich glaube, das muss ich auch nicht!", meinte Jule kopfschüttelnd dazu. – „Ich kann's aber auch nicht verstehen! Vor allem, weil seine Gespielin ja auch nicht den besten Ruf hat. Ich darf nur an ihre ‚Schauspielkarriere' erinnern!", erwähnte Sabine grinsend. – „Ach ja, die ‚Schauspielkarriere'!", sagte Jule und verdrehte die Augen. „Die Karriere als Pornodarstellerin lief wohl nicht so ganz gut. Sehr oft ist sie wohl über die Besetzungscouch nicht hinaus gekommen, sonst hätte sie ja wohl kaum weiter im Büro gearbeitet. Woanders hätte man ihr dafür gekündigt", lästerte sie jetzt. – „Nicht unbedingt. Sie hat ja unter einem ‚Künstlernamen' gedreht. Und du weißt doch, dass die ehrwürdigen Herren in den Chefetagen solchen ‚Schmuddelkram'

nie gucken würden. Ich weiß auch gar nicht, wie das herausgekommen ist. Ich weiß nur, dass es stimmt. Aber nachdem es raus war, hätte ich nicht mehr weitergearbeitet, weil es mir viel zu peinlich gewesen wäre", meinte Sabine. – „Biene - uns wäre das peinlich, weil wir Schamgefühl haben. Manchen Leuten ist aber nichts peinlich! Ich hoffe, die kriegt irgendwann die Krätze und hat dann keine Arme, um sich zu kratzen!" – „Jule! Du sollst mit deinen Verwünschungen vorsichtiger sein! Du weißt doch, dass es fast immer eintrifft, wenn du anderen etwas Übles wünscht.", mahnte Sabine. – „Sorry, aber bei solchen Leuten kann ich nicht anders!", entschuldigte sich Jule halbherzig. – „Du hast ja recht! So, aber es kommt ja noch besser!", kündigte Sabine an. – „Geht es noch besser?", wollte Jule staunend wissen. – „Und ob! Es geht um deine allerliebste Freundin, die heute einen richtig dicken Bock geschossen hat!" – „Erzähl! Erzähl! Erzähl!", flehte

Jule jetzt regelrecht. – „Also - deine Kollegin Dagmar erzählte heute in der Mittagspause, dass deine Busenfreundin Desiree von deinem Chef die totale Rüge bekommen hat und zwar vor der versammelten Mannschaft! Der Daggi stand die Schadenfreude ins Gesicht geschrieben, als sie in die Kantine kam", erzählte Sabine. – „Was hat die ‚arme' Desiree denn verbockt? Mein Chef ist doch eigentlich ganz lieb und regt sich nicht so schnell auf. Ich kann mich auch nicht daran erinnern, dass er das schon mal vor der versammelten Mannschaft gemacht hätte", meinte Jule. – „Dieses Mal aber schon! Desiree muss wohl die ganze Ausgangspost mit ihrem Make-up versaut haben. Sie hat ihre Schreiben in die Unterschriftenmappe gelegt und dabei einige umsortiert, so dass ihre ganz vorne lagen. Es waren nur Schreiben von Daggi, Uwe und Desiree in der Mappe. Daggi und Uwe benutzen kein Make-up. Damit hat sie verraten, dass sie die ganze Post in den Fingern hatte.

Dumm gelaufen! Das war dann selbst deinem Chef zu viel. Stell dir bitte mal vor, die Post wäre so raus gegangen! Das wäre mega-peinlich für die Abteilung gewesen", sagte Sabine. – „Das ist allerdings wahr! Das hätte sie aber doch sehen müssen! Kann man so blöd sein?", fragte Jule. „Desiree kann!", beantworte sie ihre eigene Frage. „Ich wäre so gerne dabei gewesen! Ich glaube, ich hätte mich gekringelt vor Lachen. Musste das ausgerechnet heute passieren, wo ich krank bin!" – „Mecker nicht! Sie hat immerhin ihre Strafe bekommen. Du hast doch immer gesagt, dass sie mal auf ihrer Schleimspur ausrutschen würde. Jetzt war es zwar kein Schleim, aber immerhin ihr Make-up", meinte Sabine. „So, ich bin aber noch nicht fertig! Last but not least, kommt noch. Halte dich fest! Du errätst nie, wer sich heute nach dir erkundigt hat." – „Nach mir erkundigt? Olive vielleicht?", rätselte Jule. – „Ja, der auch. Ich soll dir schöne Grüße von ihm bestellen und gute

Besserung. Nein, den meinte ich nicht! Ich sagte doch, du kommst nicht drauf!" – „Wer dann? Jetzt sag schon!", quengelte Jule. – „Der Christian!" – „**Der** - Christian??? Das glaube ich jetzt nicht! Wie kommt der denn dazu? Erzähl schon! Was hat er gesagt?", wollte Jule ganz aufgeregt wissen. – „Er hat mich in der Kantine gefragt, wo du wärst. Ihm wäre gestern schon aufgefallen, dass du so blass gewesen wärst. Ich soll dich grüßen und dir gute Besserung wünschen. Er hofft, dass es dir bald besser geht. Er selbst hat ab nächster Woche übrigens vierzehn Tage Urlaub", erzählte Sabine. – „Hätte ich ja nie gedacht, dass ihm auffällt, dass ich nicht da bin. Er hat tatsächlich gestern bemerkt, dass ich blass war? Das gibt's doch gar nicht! Warum hat er dir das mit dem Urlaub erzählt?", wunderte sich Jule. – „Warum wohl? Du Dummerchen! Damit ich es dir davon erzähle - vielleicht!? Komisch, du siehst plötzlich viel fitter aus als vorhin. Du hast plötzlich

ganz rosige Wangen. Wie kann das nur ...?",
frotzelte Sabine. – „Das liegt am Fieber. Ich
habe Schüttelfrost und mir wird immer heiß
und kalt", versuchte Jule, sich zu rechtfertigen. – „Jaja - Schüttelfrost! Das kannst du
wem erzählen, der seine Hose mit der Kneif-
zange zumacht! Ich habe schon bemerkt,
dass ihr miteinander flirtet. Warum seid ihr
noch nicht ausgegangen oder habt wenigstens telefoniert?", wollte Sabine wissen. –
„Ob der wohl liiert ist ...!", sagte Jule ganz
spontan und spürte eine verräterische Hitze
in ihrem Gesicht. – „Ob er das wohl nicht
mehr ist!", gab Sabine unverschämt schmunzelnd zurück. – „Wie? Ist er nicht mehr?",
fragte Jule ganz verdutzt. – „Irgendwer hat
mir erzählt, dass er sich vor einiger Zeit
schon von seiner Freundin getrennt hat oder
umgekehrt. Genau weiß ich das nicht, aber
sie sind auseinander. Ich glaube, du warst
sogar dabei, als das erzählt wurde. Wo warst
du da mal wieder mit deinen Gedanken?",

meinte Sabine. – „Ich weiß davon nichts! So ein Mist! Diese Woche bin ich krank und ab nächster Woche ist er nicht da. Was mach ich denn nur?", fragte Jule verzweifelt. – „Ich würde es mal mit anrufen versuchen!", sagte Sabine. – „Ja, klar! Hab ich seine Nummer?" – „Du vielleicht nicht, aber ich. Er hat sie mir extra für dich aufgeschrieben, als ich ihm sagte, dass ich dich heute besuche. Ich war auch so nett, ihm deine zu geben. Ich hoffe, das war in deinem Sinne", sagte Sabine ganz beiläufig mit einem breiten Grinsen. – „Das glaube ich jetzt nicht! Ob er wohl anruft?", fragte Jule zweifelnd, aber auch hoffnungs- voll. – „Wenn nicht, dann kannst du ihn an- rufen und für die Grüße danken. Einen An- lass hast du somit. Das waren die News! Da staunst du, gelle? Jetzt erzähl mal, was du den lieben, langen Tag gemacht hast. War es sehr langweilig?", wollte Sabine wissen. – „Naja, so aufregend wie auf der Arbeit war es hier nicht. Nachdem ich vom Arzt kam, haben

Silly und ich es uns gemütlich gemacht, ‚Vom Winde verweht' geguckt und ein wenig rumgesponnen", antwortete Jule. – „Was habt ihr denn gesponnen?", wollte Sabine weiter wissen. – „Ach, nichts Besonderes! Ich hatte mir vorgestellt, wie es wohl wäre, wenn ich jetzt Ehefrau und Mutter wäre", erwiderte Jule. – „Ehefrau und Mutter!? Und wie war die Vorstellung?", wollte Sabine schmunzelnd wissen. – „Sie war nicht der Hit! Deshalb habe ich mir dann auch vorgestellt, reiche Ehefrau und Mutter zu sein." – „Und war das besser?" – „Nein, auch nicht wirklich! Irgendwie bin ich dann auch auf Model oder Schauspielerin gekommen", erzählte Jule weiter. – „Model oder Schauspielerin!? Das wird ja immer besser!", sagte Sabine, während es um ihren Mund herum schon arg zuckte. – „Nein, das war auch nicht besser! Außerdem weiß ich, dass ich zu klein und zu dick bin ...", meinte Jule kleinlaut. – „Beim ersten Punkt gebe ich dir recht, beim zweiten spinnst du jetzt wirklich!", unterbrach sie Sabine kurz, um sie dann ausreden zu lassen. - „Letztendlich bin ich dann auf meine Lieblingsfantasie gekommen, die ich als Kind so gern hatte." – „Aha! Die da wäre?", fragte Sabine. – „Ich habe mir immer vorgestellt, dass ich eine Prinzessin wäre." – „Du? Eine Prinzessin?", brachte Sabine noch gequält heraus, sichtlich bemüht, ihr Lachen zu unterdrücken. „Du musst echt Fieber haben! Wie kommst du sonst auf solche Ideen?" – „Als kleines Mädchen wollte ich immer Prinzessin werden, wenn ich mal groß bin! Das ist doch ganz normal! Viele kleine Mädchen möchten das!", verteidigte sich Jule leicht verlegen. – „Und Prinzessin sein, war dann das Nonplusultra?", wollte Sabine wissen, die sich kaum mehr halten konnte. – „Nein! Das war es nicht. Ich habe festgestellt, dass es mir zu kompliziert und stressig wäre, heutzutage eine Prinzessin zu sein!", antwortete Jule. – „Eine Frage hätte ich da noch. Müssen wir jetzt einen roten Teppich für unser Fräulein Prinzessin ausrollen, wenn sie wieder ins Büro kommt?" – „Nein! Es reicht, wenn ihr mich mit Ihr und Princess Julie anredet. Außerdem wäre es nett, wenn mein Schreibtisch erhöht stehen würde, damit meine natürliche Überlegenheit gleich für jedermann sichtbar wird!", antwortete Jule fast ernst. - „Du bist echt krank! Anders kann man deine kuriosen Gedanken wirklich nicht mehr nennen. Nur gut, dass dich der Arzt für ein paar Tage aus dem Verkehr gezogen hat. Wer weiß, was du sonst anstellen würdest", stellte Sabine leicht fassungslos fest, bevor sie endgültig in schallendes Gelächter ausbrach.

Nachdem Sabine gegangen war, rief Jule ihre Mutter an. Diese war ganz entrüstet, dass sie sich nicht eher gemeldet hatte.

„Wenn ich gewusst hätte, dass du krank bist, dann wäre ich doch nach der Arbeit sofort zu dir gekommen! Warum hast du denn nicht angerufen?", waren ihre vorwurfsvollen, aber auch besorgt gemeinten Worte.

Jule wusste das und sie fand, dass es ein schönes Gefühl war, zu wissen, dass im Notfall immer jemand für sie da und sie nicht allein war. Ihre Mutter ließ sich dann auch nicht davon abbringen, am nächsten Tag zu kommen und für sie zu kochen.

Kurz nachdem sie mit ihrer Mutter gesprochen hatte, riefen ihre beiden Brüder auch noch an, um ihr gute Besserung zu wünschen. Die „Buschtrommel Mama" hatte wieder einmal perfekt funktioniert. Jule nahm jedes Mal das Telefon ganz nervös in die Hand, weil da doch die kleine Hoffnung war, dass es Christian sein könnte, aber das wäre wohl zu viel verlangt gewesen für einen Tag. Immerhin hatte er sich ja schon nach ihr erkundigt.

„Siehst du Silly, so allein sind wir gar nicht. Wir haben gar keinen Grund zu jammern! Eigentlich ist es ganz gut so, wie es ist!

Wenn wir auch unser Ideal - von dem wir nicht einmal wissen, wie es sein sollte - noch nicht erreicht haben, geht es uns doch gut. Morgen geht es uns wieder besser und dann sieht die Welt auch schon ganz anders aus. Was noch nicht ist, kann noch kommen. Wir müssen nur daran arbeiten! Oder warten oder anrufen ...? ", sagte Jule ganz in Gedanken zu Silly.

Die Katze guckte sie an, als wenn sie sagen wollte: „Wieso wir? Mich kannst du gar nicht meinen, denn mir geht es gut, so wie es ist! Alles andere ist allein deine Sache!"
Jule verstand den Blick ihrer Katze sehr wohl. Eigentlich ging es ihr ja auch gut, aber noch besser würde es ihr gehen, wenn sie wüsste, warum Christian sich nach ihr erkundigt hatte. Sie nahm den Zettel mit seiner Telefonnummer vom Tisch und drehte ihn in ihren Händen. Das Telefon lag direkt neben ihr. Aber so neugierig sie auch war, sie traute sich nicht, die Nummer von Christian zu

wählen. Was hätte sie auch sagen sollen, ohne, dass es albern gewirkt hätte? Sollte sie sich einfach nur für die Genesungswünsche bedanken? Das wäre ja noch plausibel. Nur was sollte sie danach sagen? Jule driftete fast schon wieder ab in neue, aber mehr realistische Fantasien, da klingelte ihr Telefon. Sie erschrak, drückte dann aber die Gesprächstaste.

„Hallo Jule, ich bin's Christian. Ich wollte nur mal nachhören, wie es dir geht", hörte sie eine Stimme wie durch eine Nebelwand sagen ...

Des Weiteren sind von der Autorin folgende Bücher erschienen:

In diesem Roman geht es um eine junge Frau, Anfang dreißig, die durch den Tod ihrer Oma und deren Vermächtnis erfährt, dass sie aus einer Hexenfamilie stammt. Anfangs steht sie dem Thema skeptisch gegenüber, aber je mehr sie sich damit beschäftigt, desto faszinierter ist sie.
Ihr Mann kann mit dem Thema gar nichts anfangen. Er hält es schlicht für Hokuspokus.
Gut, dass es ihre Schwägerin Anna gibt, die ihr bei ihren ersten Schritten in Sachen Hexerei zur Verbündeten wird. Cäcilia muss aber bald feststellen, dass die Hexerei so ihre Tücken hat und keineswegs vergleichbar ist, mit dem was sie bisher durch Bücher oder aus Filmen wusste.

Verlag: BoD, Norderstedt
ISBN: 978-3-8370-0613-1
Originalausgabe 2007, 136 S., 11,90 € (D)

Claudia Ogrzewalla
Die Geschichte
von Jano
dem Marienkäfer

„Die Geschichte von Jano dem Marienkäfer" ist das erste Kinderbuch der Autorin und wurde unter ihrem bürgerlichen Namen veröffentlicht. Darin wird der Lebensweg eines Marienkäfers vom Schlüpfen bis zum Erwachsensein beschrieben. Auf diesem Weg muss Jano viel lernen und einige Abenteuer überstehen. Dabei lernt er auch seine große Liebe Marie kennen. Als es ihm gelingt einen Konflikt mit der Armeisenarmee gewaltfrei zu lösen wird er zum Helden der Wiese. Seine Abenteuer werden den Nachfahren von der alten Marienkäferdame Nelli erzählt, die natürlich eine Ur-Ur-Enkelin von Jano ist.

Jano ist ein Vorlese- und Lesebuch für Kinder ab 5 Jahren.

Verlag: BoD, Norderstedt
ISBN: 978-3-7357-8472-8
Originalausgabe 2014, 92 S., teilweise illustriert,
6,90 € (D)

Mehr über die Autorin erfahren Sie über

www.claire-ogro.com